MEMOIRES

POUR SERVIR A L'HISTOIRE

DES MŒURS

DU

XVIII. SIECLE.

SECONDE PARTIE.

M. DCC. LI.

MEMOIRES
SUR
LES MŒURS
DE CE SIECLE.

SECONDE PARTIE.

J'Eus d'autant plus de ſoin de voir aſſiduement Madame de Saintré, que je ne voulois pas qu'on ſoupçonnât ma diſgrace, &, pour ſauver mon honneur, je réſolus d'en impoſer au public par une inconſtance apparente. Peut-être aurois-je pu mieux choiſir que je ne fis ; mais j'étois preſſé de paroître infidele, & j'aimois mieux être taxé de faire un mauvais choix, que d'être ſoupçonné d'avoir eſſuyé un dégoût. La Comteſſe de Vergi étoit alors l'objet de l'attention par la figure & les graces, & par les avantages de la naiſſance & du rang. Elle étoit du petit nombre de celles qu'on cite, lorſque pour prouver qu'une promenade a été belle, un ſpectacle orné & une fête brillante, on ajoute, Madame une telle y étoit.

A l'égard de la réputation, je dois avouer auſſi que la Comteſſe étoit de ces femmes dont on exagere le déréglement, quoique la ſatyre pût ſe renfermer dans les bornes de la vérité, ſans preſque y rien perdre ; de ces femmes dont l'amant eſt ſouvent embarraſſé, & quelquefois obligé de dire à ſes amis, que c'eſt une pauvre femme bien malheureuſe, qu'elle eſt fort aimable, bonne amie, très-eſtimable au fonds & à bien des égards, que le public eſt injuſte, & prend mal à propos de certaines gens en grippe, que les femmes ne la déchirent que par envie, & que leurs ſots amans répétent leurs propos pour leur plaire.

Il y a du vrai & du faux

dans ces ſortes d'apologies ; mais malheureuſement elles ne convertiſſent perſonne. Je ne voyois pas exactement Madame de Vergi dans ſon vrai point de vue, je la trouvois fort jolie, & la conquête en étoit flatteuſe par le nombre d'hommes brillans qui s'empreſſoient auprès d'elle, & parce qu'elle en avoit dédaigné de très-aimables, on ne peut pas être par tout. Enfin le goût que je pris pour la Comteſſe m'empêcha d'entendre ce qui s'en diſoit, ou ne me permit pas d'y faire attention, & ſi l'on eſt étonné de mon aveuglement ; on le ſera encore plus de la maniere dont il ceſſa.

Sans m'arrêter ici ſur les préludes de notre liaiſon, il ſuffit de dire qu'elle fut flattée de mon hommage, & qu'elle me donna une préférence ſi marquée, que mes rivaux les plus préſomptueux furent obligés de renoncer à leurs prétentions, ou du moins de les ſuſpendre.

Mon triomphe étoit ſi public que l'indiſcrétion de ma part eût été une ſotiſe & la diſcretion un ridicule; un extérieur indifférent ſur ma gloire étoit le ſeul maintien convenable, & je le gardois avec beaucoup de dignité. Heureuſe ſituation d'un homme à la mode de n'être obligé ni au manége ni aux ménagemens !

Si je trouvois Madame de Vergi à la promenade, je ne l'abordois que lorsqu'il y auroit eu de l'affectation à m'en dispenser. Au spectacle on ne me voyoit jamais dans sa loge, ce ne pouvoit être une distinction que pour d'autres que moi. Je prennois une place au hasard, & j'avois le plaisir de voir les yeux se porter alternativement sur elle & sur moi. Que cette curiosité publique dit de choses à celui qui en est l'objet ! Que je goutois de plaisirs en considérant que j'occupois toutes les têtes, & que j'étois la matiere de tous les discours. L'yvresse de l'amour n'eſt pas comparable à celle *des airs*. Si j'avois pu me voir de ſang froid, je me ſerois trouvé bien fou, bien fat & bien ſot.

Je n'étois alors inquiet que d'une choſe dont on n'a pas coutume de faire grand compte; c'étoit du mari. Outre qu'il avoit pour moi une amitié ſingulière, il jouiſſoit d'une très-grande conſidération, & l'on n'outrage pas ſans ſcrupule ceux qu'on eſtime.

Le Comte de Vergi étoit un homme d'une probité rare, d'un ſens droit & de beaucoup d'eſprit; ſon caractere étoit franc, un peu dur & aſſez cauſtique; eſtimant peu de gens

& en aimant encore moins ; il avoit une eſpèce de compaſſion pour les ſots, ne ſe contraignoit nullement avec les fripons, & s'amuſoit aux dépens des ridicules, ou ne gardoit le ſilence que par un excès de mépris. Il avoit d'abord été amoureux de ſa femme, & il étoit devenu fort indifferent pour elle, ſans qu'il parût que la conduite qu'elle tenoit y eût aucune part, car il avoit d'ailleurs avec elle les meilleurs procédés.

Je ne concevois pas qu'un homme d'autant d'eſprit & croyant ſi peu à la vertu des femmes fût ſi groſſiérement la dupe de la ſienne ; je ne pouvois attribuer un tel aveuglement qu'à cette grace particuliére qui fait que les maris ne ſont preſque jamais inſtruits de ce qui les regarde; c'eſt peut-être le ſeul égard dont le public ſoit capable.

Cependant mon eſtime pour lui & ſon amitié pour moi me faiſoient toujours craindre qu'il ne vînt enfin à ouvrir les yeux, parce qu'il auroit pu regarder comme une trahiſon de ma part ce qui n'auroit été qu'un affront tout ordinaire venant d'un homme qui n'auroit pas été auſſi intimement lié avec lui que je l'étois.

Ainſi quoique je traitaſſe quelquefois ſa femme aſſez cavalierement, je me tenois avec elle devant lui dans une réſerve reſpectueuſe; pour elle qui ne s'obſervoit pas tant ni devant lui ni devant le public, elle donna un jour une de ces ſcenes d'éclat qui ſcandaliſent juſqu'à la Cour. Il eſt beaucoup plus ordinaire d'y trouver des femmes qui par des mœurs pures, une conduite irréprochable & une piété ſincère ſont l'ornement de leur ſexe, que de celles qui franchiſſent toutes les bornes que les femmes ſimplement galantes n'oſeroient paſſer. Il n'y en a jamais à la fois que trois ou quatre qui ſoient comme les plenipotentiaires du vice pour proteſter contre la vertu

& les bienſéances, & la Comteſſe étoit du nombre.

Je fus ſi outré & ſi confus du ſcandale qu'elle avoit donné, que j'allai pour lui en faire des reproches. Je ne la trouvai point, & par un contretemps fâcheux dans l'agitation où j'étois, je rencontrai Vergi qui remarqua mon trouble & m'en demanda le ſujet. Je ne crois pas avoir jamais été dans un embarras pareil, & l'on peut juger combien il m'importoit de lui en derober la cauſe. Je lui dis donc que j'avois une migraine effroyable; la plus plate réponſe eſt toujours celle qui ſe préſente à un homme qui n'en peut trouver une bonne, parcequ'il la cherche. Cette migraine-là, me dit-il, ne vous eſt pas ordinaire, & je parierois qu'il y a quelque choſe dont vous craignez de m'entretenir, vous avez tort, on peut avec un ami toucher certaines matieres dont on ne feroit pas part à d'autres. Je compris ſur le champ qu'il étoit inſtruit de l'avanture de ſa femme, & qu'il m'en croyoit pénétré par amitié pour lui. Je fus fort ſoulagé en lui voyant prendre le change, & pour entrer dans ſon idée; il eſt vrai, lui dis-je, que c'eſt une conſolation de voir nos amis s'intéreſſer.... Vous pouvez compter, reprit Vergi, que perſonne ne prend plus d'intérêt que moi à ce qui vous regarde ; mais ma foi, mon ami, il faut ſavoir prendre ſon parti, & n'eſtimer les choſes que ce qu'elles valent.

J'avois cru d'abord être au fait ; mais n'y comprennant plus rien, qu'entendez-vous, lui dis-je, par ce qui me regarde ? Eh parbleu ſans doute, reprit-il, n'êtes-vous pas l'amant de ma femme, & dans ce cas-là qui diable voulez-vous qui ſoit bleſſé de ſa conduite, ſera-ce moi ? Ma foi, dis-je, mon cher Vergi, j'étois aſſez innocent pour le croire, vous me ſoulagez beaucoup. Cela me ſurprend, repliqua-t'il, vous qui êtes homme du monde, vous êtes bien peu inſtruit. Il y a long-temps que Madame de Vergi & moi n'avons rien de commun que le nom. Vous êtes après pluſieurs autres en poſſeſſion de mes droits, trouvez bon d'être chargé du ridicule; je ſuis très-perſuadé que vous le penſez comme moi, mais vous croyez me devoir une politeſſe qui eſt pourtant aſſez mal entendue. Je vous eſtime trop pour penſer autrement, & j'aurois très-mauvaiſe opinion de votre probité, ſi étant mon ami, & croyant m'outrager, vous aviez ſéduit ma femme. Je vous déclare donc que ſes procédés les plus extravagans ſont indifférens pour moi, ridicules pour vous, & deshonorans pour elle, supppoſé qu'elle puiſſe encore être déshonorée. J'avoue, repris-je, que vous êtes dans les bons principes, mais vous êtes peutêtre le ſeul mari, ſans vouloir vous flatter, qui en ſoyez ſi vivement frappé, & qui les avouïez avec courage. Je vous aſſure, repliqua Vergi, que ſans prétendre en retirer beaucoup d'honneur, je n'avois d'abord d'autre deſſein que de vous donner quelque conſolation dans votre diſgrace, ſi je vous avois trouvé plus piqué que de raiſon ; mais puiſque nous en ſommes ſur cette matière, j'acheverai de vous dire ce que j'en pense. Vous croyez que les autres maris ne sont pas aussi convaincus que moi de ces principes, parcequ'ils ne le disent pas, c'est qu'ils ne croient seulement pas qu'on en doute; vous seriez dans la même erreur à mon égard, si le hasard ne venoit de vous instruire de ma façon de penser. Cela doit vous faire juger de celle des autres, surtout lorsque vous les voyez agir en conséquence. L'activité de votre vie ne vous a pas permis encore de rien remarquer; si vous y reflechissez, vous verrez que les choses sont précisément comme elles doivent être.

Les

Les loix ſont faites pour régler nos actions, mais les préjugés décident de nos ſentimens; ces préjugés naiſſent des uſages, & ceux de la Cour different totalement de ceux de la Ville. Par exemple un ſimple particulier eſt-il trahi par ſa femme, le voilà déshonnoré, c'eſt-à-dire ridicule, car en France c'eſt preſque la même choſe. Pourquoi? C'eſt que s'étant marié à ſon goût, il eſt au moins taxé d'avoir fait un mauvais choix. Il n'en eſt pas ainſi des gens d'une certaine façon dont les mariages ſont des eſpeces de traités faits ſur les convenances de la naiſſance & de la fortune. Voilà pourquoi nous ne connoiſſons point parmi nous cette qualification burleſque qu'on donne dans la bourgeoiſie à un mari trompé par ſa femme.

En effet à qui peut-on appliquer ce titre qu'à un homme qui étant amoureux de ſa femme, & s'en croyant aimé, en eſt trahi. Nous ne ſommes point dans ce cas-là *nous autres*, ou s'il s'en trouve quelqu'un, c'eſt une exception rare: remarquez même qu'il n'y a que la premiere infidelité d'une femme qui donne un pareil ridicule à ſon mari; pour peu que les amans ſe multiplient, ou que la choſe faſſe éclat, il eſt bientôt detrompé, prend ſon parti, & rentre dans nos privileges.

C'eſt par une ſuite de cette façon de penſer qu'un bourgeois, qui, après s'être ſéparé de ſa femme avec ſcandale, vient à la reprendre eſt plus déshonoré qu'auparavant, parce qu'il s'en déclare publiquement par-là le vil eſclave. Il y a aujourd'hui plus de ſéparations, qu'il n'y a eu autrefois de divorces. S'il étoit encore permis, peu de gens de la Cour quitteroient leurs femmes, parce que la maniere dont on y vit eſt une eſpece de divorce continuel. Les maris & les femmes y vivent enſemble ſans aigreur,

& ſont toujours en état de ſe reprendre. Le mari n'eſt pas obligé d'en rougir, c'eſt alors un tour qu'il joue aux amans, car il eſt preſque sûr de ne pas trouver de réſiſtance. Les femmes ſont naturellement timides, les plus décidées ſubiſſent l'aſcendant du mari, le craignent & le reſpectent quand il le veut, à moins qu'il n'en ſoit amoureux. Si je voulois, je vous enleverois la mienne; mais je la mépriſe trop pour en avoir jamais le deſſein. Elle me feroit à charge, je la trouve ennuyeuſe; on lui croit de l'eſprit, elle en a fort peu, je la connois mieux que vous. Quand vous la verrez de ſang froid, vous remarquerez que tout ſon mérite vient de ſa méchanceté & du tour ſingulier qu'elle ſait donner à la médiſance, ce qui lui fait tant d'ennemis, d'admirateurs & d'eſclaves. Si jamais la bienſéance ſe mettoit en honneur, on la regarderoit comme une imbecile, & il y en a beaucoup dans ce cas-là. Vous ne pouvez nier, lui dis-je, qu'elle n'ait de la grace. Oh je m'y attendois bien, reprit Vergi, c'eſt l'éloge bannal qu'on donne à toutes les femmes qui ont l'art de préparer les noirceurs par quelques fadeurs préliminaires qu'elles emploient pour ſéduire les hommes. Vous êtes tous d'étranges dupes!

Au ſurplus je vous demande pardon, ſi je vous parle ſi librement de votre maîtreſſe, mon deſſein n'eſt pas de vous en dégoûter. J'aime beaucoup mieux qu'elle vous ait qu'un autre, parceque je ſuis bien aiſe de vivre avec vous, & & que vous la retirerez peut-être de l'opprobre où elle eſt. Il y a des femmes qui ſe réhabilitent par un bon choix. Si cela arrivoit, vous me rendriez ma maiſon plus agréable en la purgeant d'une foule d'étourdis, vifs ſans idées, empreſſés ſans objets, extravagans ſans imagination, ennuyeux avec fracas, parlant mal de tout le monde, ſouvent ſans méchanceté, d'eux-mêmes ſur le même ton par indiſcrétion, & toujours mal à propos, faute de caractere; ayant enfin tous les inconvéniens de l'eſprit ſans agrémens, & de la ſotiſe ſans tranquillité. Je n'oſe me flatter d'une telle reforme chez moi : mais quoiqu'il en arrive, je n'en ſerai pas moins de vos amis.

Je fus ſi touché de la confiance de Vergi, j'entrai ſi fort dans ſes ſentimens, que de ce moment-là, je me pris pour lui de l'amitié la plus vive, & ſa femme me devint auſſi indifférente que ſi elle eût été la mienne. Je rompis ſans cela avec elle, & je n'aurois pas cru qu'elle s'en fût apperçue, ſans quelques plaiſanteries qu'elle m'en fit. Vergi qui remarqua notre rupture en badina avec moi, & me dit que ſi je m'aviſois de devenir délicat, je perdrois bien des plaiſirs, à moins que la raiſon ne devînt à la mode.

Je ne crois pas, lui dis je, que la mode étende jamais ſon empire juſques-là; je n'y compte pas non plus, reprit-il, mais cela peut arriver, tout eſt de ſon reſſort en France.

Comme je ne veux pas vous tenir des propos d'humeur, & que je vois tout avec aſſez d'indifférence, je ne vous dirai point qu'il n'y a jamais eu de ſiécle

ſiécle auſſi corrompu que celui-ci. Sur le fonds des vices un ſiécle n'en doit guere à un autre ; peut-être même faudroit-il, pour être juſte, rabbattre ſur la corruption de celui-ci ce qui appartient à la folie ; mais je crois qu'il n'y en a point eu de plus indécent. Par exemple, lorſque, vous imaginant me tromper, vous vous cachiez de moi, vous me faiſiez beaucoup trop d'honneur ; j'étois fort éloigné de vous tenir compte d'une diſcrétion dont je ne vous ſoupçonnois pas, & je parirois bien que Madame de Vergi ne vous en avoit point donné le conſeil. Une femme n'a pas communément tant d'égards pour un mari ; mais elle pourroit les avoir pour un amant qu'elle ne voudroit pas perdre, & à qui elle voudroit cependant faire une infidélité. Elle uſe alors de quelques ménagemens, & croit faire beaucoup. Si cela arrive, c'eſt que l'infidélité faite à un amant peut avoir un attrait que n'a plus celle qu'on fait à un mari. Si l'amant trompé vient à s'en appercevoir, & veut ſe rendre incommode, il eſt auſſitôt réformé : s'il eſt au contraire aſſez vil, ou ſi vous voulez aſſez ſage pour fermer les yeux, il eſt l'objet des égards & des attentions. Il peut quelquefois eſſuyer de l'humeur ; mais il a auſſi la permiſſion d'en avoir, pourvu que ce ne ſoit pas celle de la jalouſie ; il devient enfin un mari dans les formes & le véritable n'eſt plus qu'un étranger fort content de n'être rien.

Le ſiécle, comme je vous le diſois donc, ne deviendra pas meilleur, il ne ſe corrigera pas ; mais il changera du moins, ne fût-ce que par l'ennui & le dégoût de l'indécence. C'eſt envain que la vertu s'eſt élevée contre les déſordres de l'amour ; l'attrait du plaiſir a dû l'emporter. C'eſt à l'excès de la dépravation, au dégoût du déſordre, à l'aviliſſement des mœurs ; c'eſt au vice enfin qu'il appartient de détruire les plaiſirs & de décrier l'amour. On réclamera la vertu juſqu'à un certain point pour l'intérêt du plaiſir. Croyez qu'il arrivera du changement, & peut-être en bien.

Il n'y a rien, par exemple, qui ſoit aujourd'hui ſi décrié que l'amour conjugal, ce préjugé eſt trop violent, il ne peut pas durer, & voici de quelle façon la revolution peut ſe faire.

Un homme d'un rang diſtingué, cité pour l'agrément, l'eſprit & les graces, avec une pointe de fatuité ; j'exige comme vous voyez beaucoup de qualités, parce qu'il en faut beaucoup dans un chef de ſecte;

cet homme rare pourra ſe trouver amoureux de ſa femme. Je comprens qu'il combattra d'abord ſon penchant, ou que s'il ne peut le vaincre., il tâchera d'en dérober la connoiſſance au public ; mais il y a des gens bien clairvoyans ſur les défauts d'autrui. Malgré toute ſon adreſſe ſon ſecret ſera pénétré, & avant que d'être parfaitement démaſqué, il prendra ſon parti de bonne grace ; il joûra l'intrépidité ; c'eſt quelquefois un moyen de parvenir au courage, & ç'en eſt déja un commencement : enfin un nouveau genre de ſingularité piquera ſon amour propre, il ſe déclarera donc. Pendant que les femmes chanteront ses louanges de peur qu'il ne se rétracte, & avant que les hommes soient convaincus que c'est un parti sérieux, son état sera confirmé. Qu'arrivera-t'il? quelques jeunes gens, qui regarderont cette conduite comme un ridicule neuf, voudront y avoir part, ne fût-ce que pour ravir à l'inventeur la gloire d'être unique. Le vice & la vertu sont également d'imitation. Ils joûront auprès de leurs femmes l'amour sans le ressentir, & ils y seront pris. Un mauvais principe aura un bon effet, ils deviendront véritablement attachés après avoir affecté de l'être. D'autres qui seront réellement amoureux ſeront charmés d'avoir des autorités pour ne ſe plus contraindre, on n'entendra peut-être parler que d'époux unis, le bon air s'en mêlera, & il pourroit arriver telle circonſtance qui mettroit la vertu à la mode.

L'Horoſcope que Vergi tiroit du ſiécle me paroiſſoit fort haſardé, cependant j'en ai déja vu quelques exemples, & cela pourroit bien gagner.

Mon avanture avec Madame de Saintré avoit déja humilié ma fatuité, les réflexions que Vergi me fit faire m'en guérirent totalement. Je commençai à ſoupçonner que ma gloire n'étoit pas auſſi généralement établie que je le ſuppoſois ; que les fondemens en étoient bien fragiles, que les ſuccès en amour ne conſtatent pas un mérite auquel le public ſoit obligé de ſouſcrire , que le ſentiment ſe trouve rarement intéreſſé dans le commerce des femmes, & qu'on eſt aſſez heureux d'y rencontrer le plaiſir. Je réſolus de n'y pas chercher autre choſe , &, loin de tirer vanitédes conquêtes que je pourrois faire , de les cacher avec ſoin , & de demander moi-même le ſecret aux femmes qui ne s'aviſeroient pas de l'exiger ; je reconnus enfin que la conſidération dont je croyois jouïr n'avoit d'exiſtence que dans quelques têtes folles, & que je n'avois rien de mieux à faire, que de travailler à perdre cette ſorte de conſidération, pour en acquerir une toute différente.

En repaſſant ſur mes avantures, je me rappellai le rôle humiliant que j'avois ſouvent vu jouer à des hommes eſtimables à beaucoup d'égards, qui après avoir été autrefois auſſi à la mode & auſſi gâtés que je l'étois encore, faute de s'être retirés à propos d'un genre de vie que le privilege de la jeuneſſe fait ſeul pardonner, étoient tombés dans le mépris. J'en voyois chaque jour de ceux là ſacrifiés à des étourdis comme moi, expoſés aux caprices, aux infidélités ouvertes de femmes qu'ils aimoient forcément, & à qui ils étoient obligés de les passer, trop heureux de pouvoir feindre de les ignorer. Je remarquai que l'habitude des plaisirs subsiste, & peut se tourner en nécessité, quoique le goût en soit usé. En conséquence de ces réflexions je résolus de ne pas m'exposer à partager quelque jour un sort que je trouvois si avilissant, ni à devenir un vieil agréable, dont les disgraces en amour sont méprisables & les succès des ridicules.

J'étois précisément alors dans une position à pouvoir sortir avec honneur de la vie dissipée.

Ceux qui n'ont jamais ſcandaliſé le public en ſont moins conſidérés que ceux qui ſavent ſe retirer à propos du ſcandale. Rien ne m'en impoſoit encore la néceſſité, & ce fut ſans doute ce qui me détermina à prendre ce parti. J'avoue de bonne foi que je n'eus pas un grand effort à faire ſur moi.

Quoique ma vie parût être un enchaînement de plaiſirs, j'en goûtois peu, parce qu'ils s'étoient pour ainſi dire tournés en métier. Aucune avanture n'étoit plus en état de piquer mon goût, ſi elle n'avoit quelque ſingularité, & celles de cette eſpèce ſont fort rares. L'amour ſuffit pour occuper le cœur, & n'a pas besoin de variété, la continuité du sentiment en augmente le charme ; mais le plaisir s'éteint dans l'uniformité, & je n'étois entraîné que par le torrent de ce qu'on appelle communément des plaisirs.

Ce n'est pas que je n'aye essuyé des refus, j'en compterois autant que de succès. J'ai même éprouvé quelques-unes de ces disgraces-là à la cour ; mais c'étoit la plusspart du temps dans un ordre mitoyen, où les femmes n'ont pas reçu cette éducation polie, qui fait regarder la vertu comme un préjugé & le devoir comme une sotise.

L'ignorance & le mépris des devoirs produiſent le même effet : l'un part d'une éducation fauſſe, l'autre vient d'un défaut abſolu d'éducation. Voilà pourquoi on trouve quelquefois parmi des gens d'une claſſe ſuperieure les mêmes mœurs que dans le bas peuple. Mais il y a un ordre dans la ſociété où l'on n'a pas droit aux abus ni au ſcandale, & où l'on rougiroit de s'avilir. L'éducation y laiſſe des traces que les paſſions n'effacent qu'avec peine. Quand une femme de cet état ſuccombe, elle cede à une paſſion long-temps combattue, elle ſe rend avec des regrets & conſerve des remords. C'eſt pour elle qu'on peut dire qu'il y a des momens malheureux, peu de plaisirs & encore moins de tranquillité. J'apprenois quelquefois que celle qui m'avoit refusé avec le plus d'indifférence avoit pris un amant. Si j'avois la curiosité de le connoître, j'étois tout étonné de voir que c'étoit quelqu'un qui avoit pour tout mérite une figure aimable, de la jeunesse & de la retenue; mais qui d'ailleurs n'étoit point connu, & que personne ne pouvoit nommer. J'avoue que je sentois alors autant de mépris ou de compassion que de dépit. Cependant je gardois alors inviolablement le secret sur le refus que j'avois essuyé, rien ne me l'auroit fait trahir ; ce qui prouve que l'indiscrétion ne part pas uniquement de la legereté de caracrère. Je n'avois pas toujours en pareil cas la même discrétion à l'égard d'une femme du monde, parce que je m'imaginois lui donner par-là un ridicule.

La plûpart des femmes avec qui j'avois vécu n'avoient été que des fantaisies souvent de part & d'autre, sans délicatesse & même sans dissimulation.

Quelques-unes avoient voulu me faire croire qu'elles avoient de l'amour pour moi, & celles-là n'avoient jamais que les mêmes preuves à donner, juſqu'à ce que tout fût aſſez prouvé pour nous quitter.

D'autres plus précieuſes avoient tâché de me perſuader que leur complaiſance pour mes empreſſemens ne partoit que de la force de leur amitié pour moi. Le nom de l'amitié ſert également à la vraie & à la fauſſe pudeur.

Après la rupture il ne me reſtoit guère d'autre ſoupçon que les unes & les autres avoient pu m'aimer, que les horreurs qu'elles diſoient de moi, comme ſi elles avoient été capables de dépit. Je trouvois ce procedé ſouverainement injuſte, j'ai ſouvent pris la liberté de leur repréſenter que nous n'avions pas acquis le droit de nous haïr, & j'ai quelquefois eu la précaution de faire là dessus mes conditions, avant de m'engager.

Je ne parle point du petit nombre de celles qui auroient eu une conduite réguliere, si elles n'avoient pas malheureusement le cœur tendre & les sens trop vifs. Leur franchise en aimant, les remords qu'elles peuvent avoir, les reproches qu'elles se font, la honte qu'elles laissent quelquefois paroître, tout annonce qu'elles ont trahi la vertu. Ce qui contribue à les décrier ne devroit que les faire plaindre : mais les remords d'une femme timide encouragent les ames basses à l'outrager. Il y a des femmes dans l'humiliation, faute d'avoir quelques vices de plus pour s'en retirer. Ce sont les plus exposées aux railleries cruelles de ces femmes intrépides & tranquilles dans le déréglement, qui n'ont pas même l'excuse du plaisir, qui le cherchent & l'inspirent sans le ressentir. Il semble qu'elles ne parcourent tous les dégrés du désordre qu'avec dégoût, & par une curiosité froide qu'elles ne sauroient venir à bout de satisfaire.

Mon dessein n'est pas de rappeller ici toutes les femmes avec qui j'ai vécu, la plûpart sembloient l'oublier, & je ne m'en souvenois quelque fois pas trop moi-même. Je n'ai voulu parler que de celles avec qui mes liaiſons ont eu quelque choſe de ſingulier, & je ne dois pas en oublier une pour qui j'avois beaucoup de goût ; mais dont le commerce étoit trop orageux, pour qu'il fût ſupportable.

Une figure piquante, le caractère impetueux, le cœur droit, l'eſprit vif, & l'imagination bouillante ; c'étoit Madame de Remicourt.

Il n'étoit pas aiſé de juger ſi ſes ſentimens venoient de ſes idées, ou ſi elle penſoit d'après ſes ſentimens. Ce ne fut point entre nous une liaiſon qui naît inſenſiblement du penchant, qui eſt préparée par degrés & ſe forme par le temps. Nous nous primes au même inſtant du goût le plus vif l'un pour l'autre. Elle crut trouver en moi un rapport ſingulier avec elle, & ſoit que cela fût, ou que ces ſortes d'imaginations ſoient contagieuſes, j'en fus bientôt auſſi perſuadé qu'elle.

Comme notre ivreſſe étoit pareille, je lui dis qu'il falloit laiſſer aux ames froides, aux amans vulgaires, la prudence injurieuſe de s'éprouver réciproquement, qu'une confiance prompte devoit répondre à la ſincérité de nos cœurs, que l'unique moyen de prévenir les indiſcrétions que la violence d'une paſſion contrainte nous feroit infailliblement faite, étoit de nous y livrer avec une franchiſe mutuelle; que c'étoit même l'eſpèce de prudence qui convenoit ſeule à notre caractère.

Si Madame de Remicourt n'eût eu qu'un ſens commun tout ordinaire, elle n'eût pas trouvé ce raiſonnement-là trop bon; mais les imaginations vives prennent les motifs extraordinaires pour les meilleures raiſons. Il n'eſt pas ſi facile de les perſuader par un raiſonnement ſuivi, parce qu'elles ſont incapables de ſuite.

Sa paſſion ou plutôt ſon engoûment pour moi devint extrême. J'étois un homme admirable à ses yeux, & rien n'approchoit de mon mérite. Je trouvois quelquefois ses éloges si excessifs, que je la priois de ne me pas juger avec une prévention si favorable, parce que je ne pourrois jamais justifier son opinion, & qu'elle finiroit peut-être par me mettre dans la suite au dessous de ma valeur, ce qui seroit fort désagréable. Elle se recrioit aussitôt contre mon injustice, m'accusoit d'un excès de modestie, & prétendoit que je n'avois que le défaut de ne pas sentir tout ce que je valois. Je croyois cependant n'avoir aucun reproche à me faire là-deſſus, il fal-loit qu'elle fût difficile en amour propre. Sa conduite à mon égard étoit une eſpèce de culte, une ſorte de dévotion fanatique & d'entouſiaſme; il entroit dans ſes attentions pour moi des délicateſſes, des recherches, des ſcrupules, de la ſuperſtition. Cela étoit toujours flatteur, quelquefois incommode, mais cela devient tyrannique.

Apparemment que ſa ferveur ſe relâcha, car elle commença à trouver que la mienne n'y répondoit pas. Cependant ſoit par reconnoiſſance, ſoit que j'euſſe adopté ſes idées, je n'avois jamais eu d'attentions aussi recherchées que j'en avois alors. Cela ne suffisoit pas encore, & notre commerce ne fût bientôt qu'une vicissitude de délicatesses, de reproches, de bouderies & de réconciliations ; de sorte que de rafinemens en rafinemens nous faisions réciproquement notre supplice. Cela alloit souvent jusqu'à des projets de rupture. Nous soupçonnâmes enfin que nous ne nous convenions pas autant que nous l'avions cru, & que c'étoit peut-être parce que nous nous ressemblions trop

Enfin les choses en vinrent au point, qu'après une altercation très vive, nous convinmes de de bonne ſoi que nous ne pouvions abſolument plus vivre enſemble & qu'il falloit ceſſer de nous voir, pour continuer du moins de nous eſtimer & peut-être de nous aimer. Nous nous jurames une ſéparation éternelle avec autant de ſolemnité, de proteſtations & de ſermens que nous en avions employés autrefois, pour nous jurer un amour immortel. Madame de Remicourt me rendit mes lettres, & je ſortis pour lui renvoyer les ſiennes.

Je ne m'étois jamais trouvé ſi content. Je me ſentois ſoulagé, delivré d'un poids accablant, & je reſpirois comme un homme qui ſort d'eſclavage.

Je rentrai chez moi, je pris les lettres ; mais avant que de les envoyer je voulus les relire en commençant par la premiere. Je n'allai pas loin ſans me ſentir attendri ; je pourſuivis, & mon émotion alla juſqu'au ſaiſiſſement. Je n'eus pas la force d'achever ; je ne vis plus que l'excès de l'amour que Madame de Remicourt avoit eu pour moi. J'en conclus qu'il étoit impoſſible qu'elle eût ceſſé de m'aimer, & que je ſerois le plus ingrat des hommes, ſi je n'allois pas lui demander mille pardons ; je partis a l'inſtant.

Moins la démarche que je faiſois étoit attendue, plus elle

étoit propre à toucher Madame de Remicourt. Elle me reçut avec des transſports incroyables. Je voulois lui demander grace, elle vouloit avoir tous les torts ; jamais raccommodement ne fut plus vif, & nous paſſâmes pluſieurs jours dans un état auſſi délicieux que nous en euſſions jamais éprouvé.

Notre félicité ne fut pas longue, les orages recommencerent, & nous nous ſéparâmes enfin ſans retour. Je me ſouviens qu'avant de lui renvoyer ſes lettres, je relus les dernieres, c'eſt-à-dire, celles que je n'avois pas lues, lors de la brouillerie dont je viens de parler, parce que les premieres avoient ſuffi pour me ramener. Si j'avois ce jour-là achevé la lecture, je n'aurois pas été tenté de renouer. J'aurois vû que ſi les premieres étoient pleines de tranſports, les dernieres annonçoient la froideur. Ce n'étoit plus qu'un tiſſu de galanteries d'uſage qu'on emploie pour couvrir le refroidiſſement, & qui en font la preuve.

Madame de Remicourt eſt la ſeule femme pour qui j'aye conſervé un intérêt de compaſſion. Elle étoit de cet état où l'on ſe regarde comme femme de condition; mais qu'à la Cour on ne prend jamais que pour de la Bourgeoisie. Je l'ai revûe dans la suite, & même avec amitié ; elle m'a assuré que depuis notre rupture elle avoit eu la conduite la plus réguliére, sans avoir pû effacer dans les sociétés de son état l'impression qu'on y avoit de sa vie passée, qu'on ne lui faisoit plus le même accueil, qu'on cherchoit même à l'écarter, & que sa vie étoit fort triste.

Qu'il y a de femmes d'un rang mitoyen qui se perdent sans ressource, pour avoir le travers plûtôt que le plaisir de partager les folies du grand monde. Après avoir paru sur les listes des gens à la mode, il ne reſte pas à une Bourgeoiſe les moyens de ſe réhabiliter, comme ſi elle n'étoit pas ſortie de ſa claſſe. Ses pareilles s'élevent contre elle par jalouſie encore plus que par honneur, & les femmes du monde cherchent à la punir d'avoir eu l'inſolence de vivre comme elles, & à leur préjudice. Une foibleſſe d'éclat pour une bourgeoiſe, & une lâcheté pour un militaire, ſont de ces choſes dont on ne ſe releve point; au lieu que la galanterie n'eſt ſouvent dans un rang plus élevé que le préſage de la dévotion & de la conſidération qui la ſuit.

Je crois que Madame Remicourt a pris dans la ſuite le parti de la dévotion, & avec ſon caractère elle doit y être auſſi tourmentée & auſſi malheureuſe qu'en amour.

Sans m'arrêter davantage ſur le détail de mes égaremens, je reviens au projet que je formois d'embraſſer un genre de vie plus convenable. La mode & la contagion m'avoient engagé dans la carriére de la fatuité ; j'y avois enſuite mis du deſſein, de la méthode & du ſyſtême ; je réſolus d'en employer encore, pour m'en retirer, & me faire une exiſtence nouvelle.

Croiroit-on qu'il n'eſt pas toujours permis d'abjurer la

folie avec un éclat qu'un certain public regarde comme un nouveau ſcandale ? On a imaginé une ſorte de décence à ne pas abandonner trop bruſquement ſes travers ; il faut tourner à la raiſon par dégrés. Pour cet effet je pris le parti de m'occuper ſérieuſement de ma fortune, de m'appliquer au ſervice, & de ſortir ainſi du tourbillon qui m'emportoit vers tous les objets, excepté ceux qui auroient dû me fixer.

J'avois remarqué plus d'une fois que le ſervice eſt en France la profeſſion la plus honorée, la plus ſuivie & la moins perfectionnée. Elle ſera toujours celle de la noblesse, parce qu'elle en est l'origine, que les fondateurs de la Monarchie étoient des conquérans, & que la constitution de l'état est militaire. On exerce cette profession avec honneur, rarement avec application, & presque jamais comme un objet d'étude. La plûpart de ceux qui s'y livrent avec le plus d'ardeur ne soupçonnent pas que la guerre exige autre chose que du courage, & croient que d'avoir vieilli, c'est avoir de l'expérience.

Les subalternes roulent de garnison en garnison où l'oisiveté fait leur existence. Ils savent le détail du régiment où ils servent, &

n'ont jamais pensé qu'il y eût un art de la guerre. Ceux que leur naissance place dans un rang plus élevé, n'en ont pas plus d'idée, & remplacent l'oisiveté par les plaisirs. Ainsi toute la valeur qui est naturelle à la nation lui seroit souvent inutile & quelquefois funeste, s'il ne s'élevoit de temps en temps des génies heureux qui naissent avec le talent & acquiérent l'art d'employer tant de bras & de courage pour la défense & la gloire de l'état.

Je ne prétens pas que cette négligence de s'instruire soit un vice universel. Il faut même avouer qu'il y a déja quelque temps que les choses commencent à changer. On voit des officiers de différens grades observer, refléchir & se former une théorie. Peut-être l'émulation deviendra-t-elle générale, & alors il sera aussi honteux d'ignorer les principes de sa profession, qu'il a fallu d'abord de courage pour chercher à s'en instruire.

Un grand homme a dit que la guerre étoit un art pour les hommes ordinaires & une science pour les hommes supérieurs; il y en a encore beaucoup pour qui ce n'est qu'un métier.

Ces réflexions me vinrent d'autant plus à propos, qu'on étoit près d'entrer en campagne. Je joignis mon regiment plûtôt qu'à l'ordinaire. On ſait qu'il n'y a pas un colonel qui ne ſoit ſincérement perſuadé que ſon régiment eſt le mieux compoſé de l'armée, celui où l'éxercice ſe fait le mieux, où la diſcipline eſt la plus exacte, la ſubordination la mieux établie, que ce bon ordre eſt particuliérement dû à ſes ſoins, & qu'il ne s'en eſt pas repoſé ſur un vieux Lieutenant-Colonel.

J'étois plus que perſonne dans cette opinion, & il eſt certain que perſonne n'avoit jamais été plus que moi le modéle de ſon régiment. Je m'en applaudiſſois ; mais lorſque j'y revins avec l'eſprit du devoir, je fus fort étonné du peu de diſcipline que j'y trouvai; la valeur étoit la ſeule qualité militaire qui s'y fît remarquer avec éclat.

Comme j'étois dans la diſpoſition de réfléchir, je ne fus pas longtemps à reconoître que j'étois le principal auteur du déſordre que je voyois. Tous juſqu'aux derniers ſubalternes étoient mes imitateurs, & ils m'avoient ſi fidélement copié, que tous étoient gens de bonne compagnie, aucun n'étoit officier; mais auſſi aucun n'auroit été deplacé dans le monde, & la plûpart auroient été, comme leur modéle, extravagans à la cour, impertinens à la ville, & partout insuportables aux gens sensés.

J'avois trop de part au dérangement qui me blessoit, pour être en droit de le reprendre avec hauteur. Je résolus donc de détruire le mal comme je l'avois fait naître, c'est-à-dire, par mon exemple.

Après avoir donné les premiers jours au plaisir de me retrouver avec mes camarades, je m'appliquai à gagner leur confiance sur nos devoirs, comme je l'avois eue sur les plaisirs.

Je leur dis que je désirois fort qu'il y eût dorénavant plus d'application au ſervice qu'il n'y en avoit, que je le demandois d'amitié, & que c'étoit la plus grande marque qu'ils puſſent me donner de la leur. Ils me répondirent d'une manière aſſez ſatisfaiſante; mais ils crurent apparemment que ce n'étoit de ma part qu'un caprice de raiſon qui ne devoit pas avoir le privilége de durer plus qu'un autre; car je ne m'apperçus pas que mes exhortations produiſiſſent beaucoup d'effet. Je leur en fis mes plaintes avec ſéchereſſe, & voyant que je n'opérois rien, je parlai avec dureté, & m'adreſſant à un des principaux officiers, je le traitai publiquement avec une hauteur outrageante. Je crus que l'éxemple ſeroit d'autant plus frappant que c'étoit de tout le corps l'homme le plus eſtimé.

Ce fut ſans doute ce qui m'engagea à m'adreſſer à lui de préférence, pour faire plus d'impreſſion ſur les autres. J'aurois dû faire attention que cet officier d'une naiſſance obſcure n'étoit parvenu que par une ſageſſe égale à ſa valeur, que je lui avois même rendu des ſervices, & que s'ils impoſent des devoirs d'obligation à ceux qui les reçoivent, ils en exigent de délicateſſe de ceux qui les rendent. J'avois épuiſé les airs, je je commençois à avoir des ſentimens, mais j'ignorois encore les égards.

Je ne tardai pas à faire ces réflexions, & à me reprocher ma vivacité. J'aurois fait à cet officier une excuſe publique, ſi je n'avois pas craint de donner atteinte dans cette circonſtance au projet que j'avois de rétablir la ſubordination. Je réſolus donc de réparer à force de diſtinctions la mortification que j'avois pu cauſer à un homme eſtimable.

J'étois dans ces diſpoſitions, lorſque le lendemain matin il vint chez moi. Vous n'ignorez pas ſans doute, me dit-il, ce qui m'amene; ne croyez pas cependant que je fasse une telle démarche sans répugnance. Je vous ai des obligations, je vous sacrifirois ma vie, mais je ne dois pas vous sacrifier mon honneur, & vous l'avez blessé. Je sais la distance qu'il y a de vous à moi; plus d'égalité me rendroit peut-être moins sensible; quelques-uns de mes camarades pourroient trouver des dédommagemens dans leur naissance & leur fortune; pour moi qui sans naissance & sans biens n'ai d'éxistence que dans l'honneur, il ne m'est pas permis d'y être insensible.

Mon premier mouvement fut d'être revolté, que le

moindre ſubalterne fût en droit de demander raiſon à ſon ſupérieur d'une offenſe, quelle qu'elle fût, dont le ſervice eût pu être l'occaſion. La ſubordination n'eſt ſans doute pas parmi nous telle qu'elle devroit être, & je fus ſur le point de le traiter encore avec plus de hauteur que je ne l'avois fait; mais comme il y a dans nos mœurs des points délicats ſur leſquels il eût été dangereux pour un homme de mon âge d'écouter la raiſon au mépris du préjugé, je répondis froidement à cet officier que j'allois le ſatisfaire. Je m'habillai ſur le champ, nous ſortimes enſemble, & nous fumes nous battre dans un lieu écarté. Le combat ne fut pas long, je fus dangereusement blessé, & je tombai. Il courut à l'instant me chercher les secours dont j'avois besoin, & me fit transporter chez moi.

Je ne doutois pas qu'il ne prît aussitôt la fuite, mon premier soin fut de lui faire signe de s'approcher. Il le fit avec toutes les marques du désespoir, je lui dis à l'oreille que je lui défendois de s'éloigner, de fournir par sa retraite des preuves contre lui, & qu'il pouvoit compter sur ma discrétion. Il resta donc auprès de moi, son obéissance coûtoit à ſes remords, il en paroiſſoit déchiré, & l'excès de ſa douleur auroit ſuffi pour découvrir la vérité, qui d'ailleurs ne fut ignorée de perſonne. Ce ſont de ces occaſions où l'on ne dit rien, parce qu'on ſait tout.

Je fus pluſieurs jours dans le plus grand danger, & il n'étoit pas encore ceſſé, lorſque je vis arriver le Comte de Canaples. Je fus également touché & confus de ſon attention par les raiſons que je dirai.

Il étoit avec Madame de Canaples dans une de ſes terres qui n'étoit qu'à quelques lieues de la ville où mon regiment ſe trouvoit alors, & ſur la nouvelle de mon aventure il étoit parti pour venir me chercher, & me faire tranſporter chez lui, où il jugeoit que je ſerois plus agréablement pendant ma convaleſcence que dans une ville de garniſon.

A peine fus-je en état de ſouffrir le tranſport qu'il donna des ordres en conſéquence, ſans me conſulter, & me dit avec l'autorité de l'âge & de l'amitié qu'il falloit partir avec lui. Je me laiſſai plûtôt conduire que je n'y conſentis; je ne ſavois pas trop moi-même quelles étoient mes diſpoſitions. Le fonds de tendreſſe que j'avois conſervé pour Madame de Canaples, portoit une ſecrette ſatisfaction dans mon ame ; mais le reſpect que je lui devois, la négligence que je lui avois témoignée depuis pluſieurs années me faiſoit rougir intérieurement de paroître devant une femme avec qui j'avois de ces torts qui bleſſent le ſentiment, & qu'elle devoit ſentir d'autant plus vivement, qu'elle avoit trop de hauteur pour me les reprocher, & qu'elle s'étoit fait un devoir d'en oublier les motifs.

En effet, depuis que je m'étois livré au torrent de la diſſipation, la maiſon du Comte de Canaples étoit celle où je paroissois le moins : je n'y allois plus que par devoir, & quand on ne fait que ces sortes de visites, on n'en fait pas même autant que le devoir l'éxige.

Je ne doutois point que la Comtesse ne l'eût remarqué, & je ne m'estimois pas assez peu, pour croire que c'eût été avec indifférence. Pour le Comte de Canaples c'étoit l'homme le plus essentiel, le moins attentif & qui exigeoit le moins d'attentions. Il m'aimoit, il m'avoit rendu service, & cela lui suffisoit pour compter sur mon amitié & ma reconnoissance ; du reste il s'embarrassoit peu que

que je lui rendiſſe des ſoins, il mettoit mes abſences ſur le compte des plaiſirs qu'il regardoit comme une excuſe, & comme le privilége de mon âge.

Madame de Canaples me reçut avec toutes les marques de l'amitié la plus tendre ; elle eut pour moi toutes les attentions poſſibles, & telles qu'elle auroit pu les avoir pour l'amant ou le fils le plus cher. Les ſentimens que je n'avois jamais perdus, & qui ſe réveillent ſi aiſément pour le premier objet qu'on a aimé, ſe ranimerent bientôt dans mon cœur. Je jugeai qu'elle n'avoit pu ceſſer de m'aimer, que mes dissipations loin de l'avoir guérie, n'avoient fait qu'irriter sa passion, que j'avois eu trop d'impatience, & que si j'avois persévéré encore quelque temps auprès d'elle, j'en aurois infailliblement triomphé. Je conclus de-là que mon bonheur n'avoit été que différé, & qu'il n'en étoit que plus sûr. Je n'étois plus comme autrefois ce jeune homme timide, modeste, présumant peu de soi, & dont les désirs pouvoient être reprimés par le respect ou par sa propre vertu.

J'étois bien dans la résolution de quitter le rôle méprisable d'homme à la mode que je jouois depuis quelques années avec le ſcandale le plus brillant; mais je ne voulois pas renoncer aux plaiſirs. Je penſois au contraire qu'un attachement honnête étoit ce qui convenoit mieux au nouveau plan de vie que je projettois.

Plein de ces idées je réſolus de m'expliquer & de renouer avec Madame de Canaples ; car je n'y voyois ſeulement pas la moindre difficulté. Je me croyois ſi ſûr de ſon cœur, j'étois ſi perſuadé de la ſatisfaction que lui cauſeroit mon retour, que je crus devoir par généroſité lui demander pardon de mes crimes, pour ménager du moins ſon amour propre.

L'image que je me formois de la vie délicieuſe que j'allois mener, me rendit en peu de temps la ſanté; & comme il ne m'étoit pas difficile de trouver l'occaſion d'entretenir Madame de Canaples, je lui dis un jour que j'étois bien honteux d'avoir ſi peu ſenti le bonheur de lui plaire, & d'avoir préferé au charme de vivre auprès d'elle, les vains amuſemens où je m'étois livré, que les remords que j'en avois..... J'allois continuer, & me répandre en proteſtations vives; mais je fus ſi étonné de voir Madame de Canaples me regarder avec une hauteur impoſante, que je n'eus pas la force de pourſuivre. Elle ne m'en laiſſa pas même la liberté ; car elle me quitta ſur le champ , & pour toute réponſe laiſſa tomber ſur moi un regard fier & mépriſant.

Qu'on ſe figure un homme avantageux, gâté, convaincu de ſon mérite, & qui ſe voit humilié par celle à qui il croyoit aller faire grace. Je fus étourdi de l'accueil ; cependant ce ne fut pas ma vanité qui ſouffrit le plus ; je reſſentis plus de douleur que de honte, parce que j'avois autant d'amour que de reſpect pour Madame de Canaples.

Auſſi-tôt que je fus revenu à moi, je fis beaucoup de réflexions ſur le mauvais ſuccès de ma démarche ; je tâchai de pénétrer ſi je devois abſolument renoncer à tout eſpoir, & je reſtai dans l'indéciſion, ſans pouvoir prendre de parti.

Dès ce moment Madame de Canaples ne me mit plus à portée de la trouver ſeule ; au lieu de me traiter avec amitié devant le monde comme auparavant, elle ſe bornoit à la politeſſe, & je voyois qu'il n'y avoit que la prudence qui l'empêchât d'aller juſqu'au dédain.

Je compris que je devois renoncer à mes prétentions ; mais comme je ne voulois renoncer ni à ſon amitié ni à ſon eſtime, je ne cherchai plus qu'à lui marquer le repentir de lui avoir déplu. Je me flattois de le lui prouver par ma conduite ; mais comme je devois bientôt partir avec le Comte de Canaples pour l'armée, je ne croyois pas que le peu de temps que je resterois chez lui fût suffisant pour que Madame de Canaples pût appercevoir dans ma conduite seule les dispositions où j'étois à son égard, ainsi je résolus de lui parler quelque précaution qu'elle prît pour m'éviter.

Deux jours après l'ayant vue entrer seule dans le parc, je la suivis sans être apperçu, & je la laissai s'engager assez avant, pour qu'elle n'eût pas le temps de retourner ſi promptement au Château, que je ne puſſe m'expliquer. Je pris ſi bien mes meſures, que je la croiſai au détour d'une allée. Auſſitôt que je me préſentai à ſes yeux, elle ſe détourna pour s'éloigner. Madame, lui dis-je en la ſuivant, daignez m'entendre. Alors voyant qu'elle ne pouvoit m'éviter, elle s'arrêta & me regardant avec une fierté mêlée de colere: Je trouve bien ſingulier, dit-elle, que je ne ſois pas libre chez moi, & que vous oſiez me ſuivre ſans mon aveu. Je ſuis perſuadé, lui dis-je, Madame, que le motif de ma témérité me la fera pardonner. J'ai eu le malheur de vous déplaire, j'en ſuis aſſez puni par mon repentir; mais je le ſerois trop, ſi vous l'ignoriez. Je n'aurois pas eu la force de partir, ſans vous en inſtruire; je ſerois trop malheureux, ſi en renonçant aux ſentimens les plus chers à mon cœur, je ne conſervois pas du moins quelques droits à votre compaſſion, à votre eſtime, & ſi je l'oſe dire, à votre amitié. Je vous promets que vous n'aurez pas lieu de regretter de m'avoir accordé la grace que je vous demande, & quels que ſoient mes ſentimens, vous n'aurez pas le moindre reproche à me faire. Je ne vous en ferai donc point, reprit Madame de

Canaples, puiſque vous reconnoiſſez votre faute, je l'oublie dès ce moment, n'en parlons plus, & ſoyez ſûr qu'à ce prix vous n'aurez point de meilleure amie que moi.

La douceur de ſa réponſe m'ayant raſsûré, me permettez-vous, lui dis-je, Madame, de vous demander par quelle raiſon vous avez eu avec moi deux procédés ſi differens ſur le même ſujet? Lorſque j'oſai, il y a quelques années, vous déclarer l'impreſſion que vous aviez faite ſur mon cœur, vous m'interdites à la vérité toute eſpérance; mais vous me parlâtes du moins avec intérêt, votre bonté tâcha de me conſoler de la loi ſévere que m'imposoit votre vertu. Qu'ai-je fait depuis que de vous déclarer que j'ai conſervé des ſentimens que leur conſtance n'a rendus que plus excuſables? Cependant loin d'y compatir, avec quel mépris n'en avez-vous pas reçu l'aveu! Suis-je devenu mépriſable à vos yeux? Pardon, Madame, ſi j'oſe vous rappeller vos bontés paſſées, & ſi je vous prie de m'éclaircir. S'il me reſtoit le moindre doute ſur un article ſi important pour moi, comment pourrois-je me flatter de l'amitié, & par conſequent de l'eſtime à laquelle vous me permettez de prétendre.

Quoique la queſtion que vous me faites, répondit Madame de Canaples, ſoit preſque déja manquer à la promeſſe que vous venez de me faire de ne jamais me rappeller le paſſé, je compte aſſez ſur votre parole à l'avenir, pour vous donner le dernier éclairciſſement que vous déſirez ſur un ſujet dont il ne ſera déſormais plus queſtion entre nous.

Si je reçus avec une ſorte d'indulgence l'aveu que vous oſâtes, dites-vous, faire autrefois, ce fut préciſement parce que vous ne l'oſâtes pas: ce ne furent pas la témérité, la confiance & encore moins l'eſpoir qui vous guiderent ; vous cedâtes à un ſentiment ignoré, à un mouvement involontaire ; une ſurpriſe réciproque ajouta-t-elle, en rougiſſant, nous fit obéir à une impreſſion dont l'effet ſeul nous dévoila le principe. Mais aujourd'hui que le commerce du monde vous a éclairé, & peut-être perverti ; aujourd'hui que vous connoiſſez vos devoirs, & que vous devez reſpecter les miens, l'aveu de vos ſentimens qui pouvoit être innocent dans leur naiſſance, & peut-être flatteur, ſi mon état l'eût permis, ne ſeroit maintenant pour moi qu'un outrage qui vous rendroit criminel & mépriſable à mes yeux. Pourriez-vous ſans rougir oublier ce que vous devez à moi, à Monſieur de Canaples, à ſes bontés, à ſa confiance, je dirai plus, à l'erreur où il eſt à votre égard, ce qui vous rendroit plus coupable, que ſi vous lui étiez ſuſpect.

Quoique le diſcours, ou du moins le deſſein de Madame de Canaples ne tendît pas à m'inſpirer de l'eſpoir, peut-être s'en gliſſa-t-il dans mon cœur; car je cherchai à prolonger cette converſation; c'étoit au moins parler de ma paſſion, & fut-elle ſans retour, c'eſt déja une faveur que d'en occuper l'objet aimé. J'allois donc répondre ; mais Madame de Canaples m'imposa silence. Brisons là, dit-elle, en voilà peut-être trop, souvenez-vous de votre parole, & que ce soit pour la derniere fois. Nous étions alors près du château, où elle rentra, je la suivis sans oser lui répliquer, & nous rejoignimes la compagnie.

Depuis ce moment-la je fus plus occupé que jamais de Madame de Canaples ; mais je ne tentai pas de lui reparler de mes sentimens, j'aurois même été fâché, ou embarrassé de me trouver seul avec elle, dans la crainte de l'irriter par mes diſcours, ou de me rendre ſuſpect par la façon dont j'aurois gardé le ſilence. Je me bornai à l'aimer en ſecret, & à lui prouver mon reſpect & ma ſoumiſſion, ſans examiner quel pouvoit être le fruit de ma perſeverance.

La maniere dont j'étois obligé de vivre avec Madame de Canaples étoit pour moi une contrainte aſſez dure ; cependant je la quittai avec un regret infini, lorſqu'il fallut partir avec Monſieur de Canaples.

Je ſervis preſque toute la campagne ſous ſes ordres, & comme il n'aimoit pas à écrire, il me chargeoit de répondre pour lui à toutes les lettres qu'il recevoit de sa femme. Je m'acquittois de cette commission avec un plaisir vif, mais avec autant de simplicité qu'un sécrétaire l'auroit pu faire ; à peine me permettois-je de parler de mon respect, tant je craignois d'y mêler d'autres sentimens qu'elle m'avoi défendu de lui rappeller. Monsieur de Canaples n'avoit pas la moindre part à ma discrétion, car il ne se donnoit seulement pas la peine de lire ce que j'écrivois ; mais il remarqua bientôt que sa femme ne faisoit pas dans ses lettres la moindre mention de moi, il en parut piqué, & me dit de lui en faire des reproches dans la premiere lettre. Je m'en étois aussi bien apperçu que lui ; mais je n'en avois pas été aussi piqué. Je savois qu'elle étoit incapable d'une telle impolitesse, elle m'avoit permis de compter sur son amitié, ainsi son procédé ne pouvoit partir ni du dédain, ni de l'indifférence. J'en conclus donc qu'elle ne gardoit le silence à mon égard que dans la crainte d'en parler avec trop d'intérêt, je vis enfin ce qu'elle vouloit me cacher, & ce fut par les précautions mêmes qu'elle prennoit pour me le cacher ; les précautions des ames honnêtes sont presque toujours des indiscrétions.

Je me gardai bien de lui faire les reproches dont Monſieur de Canaples m'avoit chargé ; mais lorſque je lui préſentai la réponſe que j'avois faite, il me demanda ſi j'avois eu ſoin de dire à ſa femme ce qu'elle méritoit. Je crois qu'ouï, lui dis-je. J'en ſuis bien aiſe, reprit-il, voyons un peu, & là deſſus il prit la lettre & la lut : eh que diable, dit-il, après avoir lu, il n'y en a pas un mot; voilà de beaux ménagemens que vous avez-là, oh je vais ajouter, moi ce qui manque à l'épître. Il prit la plume & écrivit à Madame de Canaples qu'elle ne méritoit guère l'attache ent que j'avois pour elle par l'indifférence qu'elle montroit pour moi ; qu'il m'avoit toutes les obligations possibles, que je lui étois devenu nécessaire, qu'il ne pouvoit trop se louer de mon amitié, ni me donner assez de marques de la sienne. Qu'il falloit bien qu'il lui fit des reproches, puisqu'elle les méritoit, & que je refusois de les lui faire. Il finissoit par l'exhorter à m'aimer un peu plus qu'elle ne faisoit.

J'ignore quelle eût été sa réponse, car elle n'eut pas le temps de la faire, elle reçut presque aussitôt une nouvelle trop intéressante, pour qu'elle fût occupée d'autre chose. Nous étions à la veille d'une action,

& nous avions jugé à propos de n'en rien marquer à Madame de Canaples, pour lui épargner des inquiétudes. Il y eut en effet le lendemain une affaire fort vive où Monsieur de Canaples & moi fumes blessés.

Madame de Canaples apprit bientôt avec le public la nouvelle de la bataille, & son mari étant un officier trop considérable pour n'être pas nommé dans les nouvelles générales, elle sut qu'il étoit blessé : ne recevant point alors de lettre particuliere qui calmassent ses craintes, elle partit & arriva peu de jours après nous dans la ville où nous avions été transportés.

L'état où elle trouva Monſieur de Canaples la pénétra de la plus vive douleur. La bleſſure qui d'abord n'avoit pas paru dangereuſe, l'étoit devenue au point qu'il n'y avoit plus d'eſpérance. Monſieur de Canaples le ſentit lui-même, il témoigna à ſa femme combien il étoit ſenſible à l'empreſſement qu'elle avoit eu de le venir voir, lui demanda ſon amitié pour moi, la pria de me faire ſes adieux, de me donner tous les ſoins dont j'aurois beſoin, & mourut entre ſes bras.

Je ne fus pas témoin d'un ſi triſte ſpectacle, quoique je fuſſe dans la même maiſon, ma bleſſure me retenoit au lit malgré moi, & j'y demeurai encore longtemps. Je n'ai jamais éprouvé de douleur plus vive & plus ſincere que celle que me cauſa la mort de Monſieur de Canaples. Je ne ſentis alors que la perte de mon ami, je ne vis dans Madame de Canaples qu'une femme à qui la mémoire de ſon mari devoit être chere. Il ſembloit que l'amour que j'avois pour elle fût ſuſpendu dans mon cœur, pour le laiſſer tout entier à l'amitié.

Madame de Canaples ne m'avoit fait qu'une viſite en arrivant, après avoir vu ſon mari; & depuis ce moment juſqu'à celui de ſa mort, elle ne l'avoit pas quitté ; mais un objet si affligeant ne lui permettant pas de demeurer ensuite dans son appartement, elle passa dans le mien. Nous pleurames ensemble, & ce ne fut qu'en partageant sa douleur que j'essayai de la consoler. Elle me fit part des derniers sentimens de Monsieur de Canaples, me témoigna qu'elle étoit fâchée que sa situation & la décence ne lui permissent pas de me donner elle-même les soins dont je pouvois avoir besoin, & partit le jour-même pour retourner dans ses terres.

A peine étoit-elle partie qu'on

qu'on me remit le testament de Monsieur de Canaples qui n'ayant que des parens éloignés donnoit à sa femme généralement tous ses biens. Je lui écrivis à l'instant pour l'en instruire, & lui mandai qu'aussitôt que je serois en état de partir, j'irois lui rendre compte de ses affaires. J'y allai un mois après. Il ne me parut pas que les biens considérables dont elle se trouvoit maîtresse absolue eussent diminué le sentiment de la perte qu'elle avoit faite. Mais si elle étoit peu sensible à une fortune brillante, ceux de la cour qui pensoient à des établissemens n'eurent pas la même indifférence. Madame de Canaples étoit par elle-même en état de prétendre tout, & les nouveaux avantages qu'elle tenoit de la fortune faisoient que peu de gens étoient en droit d'aspirer à elle. Belle, jeune encore, à peine avoit-elle trente-deux ans, riche, & jouissant de la considération qu'une conduite soutenue donne toujours à une femme raisonnable, elle fut recherchée par tous ceux qui pouvoient se présenter sans présomption, & il n'y en eut aucun à qui elle n'interdît toute espérance, desorte qu'on la regarda bientôt comme une femme qui étoit déterminée à jouïr tranquillement de ſon opulence & de l'indépendance de ſon état de veuve, & je le crus comme les autres.

Je n'en avois jamais été auſſi amoureux que je l'étois alors, parce que je ne l'avois jamais ſi bien connue, & j'oſois moins lui en parler qu'auparavant. Le rang & l'état de ceux qu'elle avoit refuſés n'étoient pas propres à me donner des eſpérances, & il y auroit encore eu plus de témérité & d'offenſe à lui parler de ma paſſion, ſans lui avouer en même temps que j'oſois aſpirer à m'unir avec elle. Je me bornois à chercher de plus en plus à lui plaire, ſans porter mes vues plus loin.

Il y avoit déja du temps que je vivois ainſi chez elle, & comme il n'eût pas été decent que j'y euſſe pour ainſi dire paſſé ma vie, ſans le prétexte de ſes affaires, je n'en avois pas preſſé la concluſion. On étoit près de rentrer en campagne, & j'aurois voulu avant de partir être moins incertain que je ne l'étois ſur mon ſort ; Madame de Canaples m'en fournit enfin l'occaſion.

J'avois eu la diſcrétion de ne lui pas parler des différentes propoſitions de mariage qui lui avoient été faites, elle m'en fit elle-même la confidence. Je n'ai point été étonnée, me dit-elle, qu'on ait ſuppoſé que ma fortune préſente me feroit penſer à quelque établiſſement brillant ; mais il ne feroit pas mon bonheur & ma vanité n'en ſeroit pas flattée, ou peut-être ai-je celle de croire que je n'en ai pas beſoin. Quoiqu'il en ſoit je me propoſe de faire tout un autre uſage des bienfaits de Monſieur de Canaples, un uſage qui ſoit digne de moi & du reſpect que je conſerve pour ſa mémoire. C'eſt ce même reſpect qui m'a fait accepter le don de ſes biens. Quoiqu'il n'eût que des parens aſſez éloignés pour qu'ils n'euſſent pas dû compter avec certitude ſur ſa ſucceſſion, s'ils n'ont pas eu part aux diſpoſitions qu'il a faites, je veux qu'ils en retirent les mêmes avantages ; & comme il n'y en a aucun qui lui appartint de plus près que vous, ni qu'il vous eut préféré, je prétends contribuer à votre avancement, vous mettre en état d'épouſer une fille d'une naiſſance égale à la vôtre, & vous faire un ſort qui vous diſpenſe de vous méſallier, ſacrifice toujours dur à un homme de qualité, & dont il eſt rarement dedommagé par les ſuites.

Ah ! Madame, lui dis-je, pouvez-vous me marquer à la fois tant de bonté & de rigueur ! vous voulez, dites-vous, contribuer à mon bonheur, vous ſavez qu'il n'y a qu'un moyen de l'aſſurer. Vous n'ignorez pas que mon premier ſentiment a été de vous aimer, le temps, l'expérience & le paralelle de vous & de toutes les femmes n'ont fait que le fortifier dans mon cœur. J'ai oſé vous en reparler une ſeule fois, plus emporté par la paſſion qu'animé par l'eſpoir; mais le remords de vous avoir déplu, mon reſpect pour vous & pour Monſieur de Canaples, la réflexion ſur l'amitié dont il m'honoroit, m'ont fait garder le ſilence, & même combattre mes ſentimens ſans ſuccès. Lorſque nous avons eu le malheur de le perdre, je n'ai d'abord ſenti que mes regrets & votre douleur ; mais enfin ma paſſion pour vous n'ayant pu s'affoiblir pendant qu'il vivoit, & étant aujourd'hui devenue légitime, j'ai été retenu par la décence. Les partis diſtingués que vous avez refuſés & que je n'ignorois pas m'ont fait voir avec chagrin combien je vous conviendrois peu. Je n'aurois pas craint en me préſentant d'être ſuſpect d'intérêt, mais de conſulter trop peu le vôtre. Les bontés que vous venez de me marquer m'inſpirent la confiance dont j'avois beſoin ; diſpenſez-moi de les accepter, Madame, ou mettez-y le comble en m'accordant votre main; je ne dois les recevoir qu'à ce prix.

Avez-vous dû penſer, reprit Madame de Canaples, qu'une augmentation dans ma fortune m'eût rendu plus conſidérable à mes yeux que je ne l'étois auparavant, & que ſi je vous euſſe dans un temps jugé digne de mon choix, j'euſſe pu dans un autre penſer différemment, ſans autre raiſon que le caprice du ſort? Croyez que je m'eſtime aſſez, pour ne pas faire dépendre des évenemens, l'opinion que j'ai de moi. Ce dont je pourrois encore être plus offenſée, eſt la répugnance que vous montrez, à recevoir quelques legers ſervices de ma part. Votre délicateſſe ſeroit placée à l'égard de tout autre; mais les offres que je vous fais ne ſont qu'une diſpoſition naturelle, un uſage honnête & légitime des biens de Monſieur de Canaples; & quand il en ſeroit autrement, ſi vous m'eſtimez autant que vous le dites, vous ne devez pas craindre ni être humilié de m'avoir obligation. L'amitié ne ſe prouve pas moins par les biens qu'on reçoit d'un ami que par ceux qu'on lui fait; trop de délicateſſe eſt une défiance injurieuſe, & l'on en doit quelquefois le ſacrifice au plaisir qu'il a de nous obliger.

Non, Madame, lui dis-je, je ne rougirois point de vous devoir, l'intérêt que vous voudriez bien prendre à mon sort ne pourroit que me faire honneur ; mais j'attends encore plus de vos bontés. Pourquoi vous occuper simplement de ma fortune, quand vous pouvez faire mon bonheur? Si quelqu'un est assez heureux pour avoir touché votre cœur, j'en gémirai, je respecterai votre goût, & me condamnerai au silence, mais si je puis me flatter que cela n'est pas, qu'il me soit permis de vous rapeller que vous avez daigné m'avouer autrefois que votre cœur m'étoit favorable. Si votre devoir me fut contraire, il ne l'eſt plus, rendez-moi le plus heureux des hommes en uniſſant mon ſort au vôtre.

Comme je n'ai point à rougir de mes ſentimens pour vous, répondit-elle, je ne chercherai point à les diſſimuler. Vous êtes le ſeul pour qui j'aye eu ceux que je n'aurois dû qu'à Monſieur de Canaples, & que j'aurois eus pour lui, ſi l'eſtime & les efforts les faiſoient naître. Le peu de liaiſon qu'il y a eu entre vous & moi, depuis que je m'apperçus de mon goût pour vous, a empêché qu'il ne devînt peut-être une paſſion, qui ſans me rendre criminelle, m'eût rendue malheureuſe. Cependant vous m'avez toujours été cher; & les ſentimens où je me ſuis habituée pour vous, ſans troubler mon repos me préſerveront d'avoir la même ſenſibilité pour qui que ce ſoit. Je vous donne tous les droits qu'on peut avoir à l'amitié, & je ſerai très-flattée de la vôtre.

Vous ſavez que je vous ai toujours parlé avec candeur, je vais vous en donner une nouvelle preuve. Quoique je ſois perſuadée que mes ſentimens ſeront toujours les mêmes, l'habitude de vivre avec vous, &

la liberté de m'y livrer pourroient les rendre plus vifs ; mais je ſais par expérience ce que le devoir peut ſur moi, & je ſuis sûre, qu'auſſitôt que votre ſort ſera lié à celui d'un autre, & qu'il me ſera défendu de vous regarder autrement que comme un ami, rien ne pourra altérer l'habitude, l'innocence & la tranquillité de mon amitié pour vous. Ne penſons donc point à un engagement qui ne feroit pas notre bonheur, & pour en perdre toute idée, prêtez-vous aux vûes d'établiſſement que je vous ai propoſées.

Non, Madame lui dis-je, je n'en voudrai jamais qu'avec vous ; il feroit certainement mon bonheur, ſur quoi jugez-vous qu'il ſeroit contraire au vôtre ? ſur la diſproportion de nos âges, reprit-elle. Quoiqu'elle ne ſoit pas conſidérable, elle le deviendra un jour davantage, ou ſera jugée telle, ce qui revient au même dans le public. Les avantages de la fortune que je veux vous procurer, que je compte pour peu, mais que le monde compte pour beaucoup, me feroient regarder comme une femme peu ſenſée qui n'auroit pû réſiſter à la foibleſſe d'acheter la complaiſance d'un jeune homme au hazard d'en eſſuyer un jour les mépris. J'aime mieux que vous deviez tout à mon amitié.

Quoi, Madame, repris-je ; vous dont l'ame & les vertus ont si peu de rapport avec les idées du vulgaire, ne céderez-vous à son opinion, que lorsqu'elle est contraire à mon bonheur ?

Elle n'est que trop fondée sur l'expérience, repliqua Madame de Canaples, j'aurois d'ailleurs tout à craindre de la différence de nos caractères, de la vivacité du vôtre, de la dissipation dont vous avez contracté l'habitude, & peut-être la nécessité. Tous ces plaisirs que vous croyez avoir usés, soit pour en avoir joui, soit par la simple facilité d'en jouir, peuvent vous être devenus nécessaires,

ſaires, même en vous devenant inſipides. Quelle ſeroit ma douleur ! ſi après m'être flattée d'être aimée auſſi conſtamment que je croirois mériter de l'être, & que j'aimerois moi-même, je vous voyois remplacer les ſentimens par des procédés d'autant plus cruels, qu'ils interdiſent les plaintes dont ils ſont les motifs les plus amers. Je connois cette ſorte de reſpect que certains maris perfides ont pour leurs femmes, & dont ils ont l'audace & la lâcheté de ſe faire honneur. Qui dit aujourd'hui une femme reſpectée, dit une infortunée trop décente pour ſe plaindre de certains torts, & qui ſe reſpecte aſſez elle-même pour dévorer ſes chagrins. Eh que gagneroit-elle en effet à réclamer l'équité naturelle ſi différente de la juſtice humaine, puiſque le mari le plus injuſte & le plus autentiquement mépriſable trouve ſouvent encore de la protection dans les loix & de l'approbation parmi les hommes. Il faut qu'il ait bien ſcandaleuſement tort avant que d'en être taxé. Je veux croire que vous feriez moins injuſte que les autres; mais ce n'eſt pas à moi qu'il convient d'en faire l'épreuve. Ainſi, Monſieur, je ne dois point... N'achevez pas de grace, lui dis-je, Madame, laiſſez-moi nourrir l'eſpoir que vous conſentirez un jour à combler mes vœux. Cette idée contribura à me rendre plus estimable par les efforts que je ferai pour être digne de vous.

Madame de Canaples sourit, & ne me répondit rien. Depuis ce moment je m'attachai de plus en plus à lui plaire, & sans lui parler positivement de ma passion, je vécus avec elle dans cette intimité qui sans être celle de l'amour, est fort audessus de la simple amitié. Je n'ai jamais mieux senti combien la vertu, l'amour, le respect & la confiance peuvent rendre heureux.

Il fallut cependant m'arracher d'auprès d'elle, pour

joindre l'armée. Je me livrai plus que jamais à mes devoirs, afin de dissiper l'ennui d'être séparé d'elle & l'impatience de la revoir.

Je ne fus pas longtemps à remarquer que l'application à mes devoirs, me donnoit de la considération ; mais je m'apperçus aussi, avec un étonnement que je n'aurois pas aujourd'hui, que l'estime qu'on mérite ne va guère sans jaloux qui dans la route de la fortune deviennent des ennemis suivant les occasions.

Mes folies passées en me faisant des censeurs parmi les gens sages, les engageoient quelquefois eux-mêmes à me donner des conſeils. A peine commençai-je à me faire une réputation honnête, que je devins ſuſpect à mes concurrens. Je fus bientôt regardé comme un ambitieux adroit; les étourderies qui avoient penſé me perdre étoient données pour des vues fines & du manége. Combien de fois ai-je vu donner à la conduite la plus louable des interprétations plus dangereuſes qu'une accuſation ouverte qui fourniroit à un homme l'occaſion de confondre ſes ennemis. Il eſt bien moins cruel pour un honnête homme d'être accuſé que ſuſpect; & je n'oſerois pas décider ſi le mal qu'on fait à la cour l'emporte ſur celui dont on y eſt fauſſement accuſé.

J'étois fort indifférent ſur tout ce qu'on pouvoit penſer de moi, l'amour ferme le cœur à tout autre ſentiment. Je n'avois d'autre plaiſir que d'écrire continuellement à Madame de Canaples. Ce fut d'abord avec beaucoup de circonſpection ; mais ſoit que mes ſentimens devinſſent trop vifs, pour que je puſſe longtemps les contraindre, ou que les lettres donnent plus de hardieſſe que le tête à tête à un amant reſpectueux, je me permis inſenſiblement de parler de ma paſſion, & bientôt je m'y livrai ſans reſerve. Madame de Canaples ne me répondoit pas ſur le même ton ; mais elle ne me faiſoit aucuns reproches ſur le mien, & je me trouvai en droit de retourner auprès d'elle amant déclaré & avoué. Je ſoupirois après ce moment, & auſſitôt que l'armée fut ſéparée, je partis.

Quelques jours avant mon départ Madame de Canaples m'avoit écrit qu'ayant ſû qu'il y avoit dans un couvent de province une jeune perſonne parente de Monſieur de Canaples, elle l'avoit fait venir auprès d'elle ; qu'elle s'y étoit crue obligée par reſpect pour la memoire de ſon mari & par humanité ; Que Mademoiſelle de Foix , c'étoit le nom de cette perſonne , étoit une orfeline, ayant à peine de quoi ſubſiſter, & d'autant plus à plaindre, qu'un nom illuſtre qui peut être une reſſource & un moyen de fortune pour un homme, n'eſt qu'un malheur de plus pour une fille de qualité que ſa naiſſance met au-deſſus des ſecours d'une certaine nature & au-deſſous d'un établiſſement convenable, & qui ſouvent n'a pas même le choix des partis dont elle auroit à rougir.

Madame de Canaples ajoûtoit que ce qu'elle avoit connu du caractère de Mademoiſelle

ſelle de Foix, depuis qu'elle l'avoit avec elle, la faiſoit s'applaudir du parti qu'elle avoit pris, & qu'elle étoit perſuadée que j'y donnerois mon approbation.

L'action de Madame de Canaples étoit très-louable; mais comme elle n'avoit pas beſoin de mon aveu, je trouvai que la politeſſe qu'elle me faiſoit à ce ſujet, étoit une ſorte d'engagement de ſa part, une façon adroite & obligeante de me faire connoître qu'elle regardoit nos intérêts comme les mêmes. J'arrivai donc avec la certitude du bonheur que je déſirois ſi ardemment.

Ce fut avec le plaiſir le plus

ſenſible que je me trouvai auprès de Madame de Canaples, & j'eus encore celui de voir que ſa ſatisfaction égaloit la mienne. Après avoir donné les premiers momens aux épanchemens dont le cœur a tant de beſoin quand il a ſouffert une longue abſence, Madame de Canaples fit avertir Mademoiſelle de Foix à qui elle me préſenta.

Je fus frappé de ſa figure ; je n'en ai point vû de plus noble, ni de phiſionomie qui réunît à la fois tant de modeſtie & de fierté, & ſes propos me parurent pleins de décence & de raiſon.

Comme rien n'affoiblit plus

un droit que de paroître en douter, & qu'on l'établit souvent en le présentant comme certain, je résolus dès le lendemain de mon arrivée, de presser Madame de Canaples de consentir à me donner la main. Je lui en parlai avec autant de respect que d'empressement, & j'y mis cette confiance qui ne convient qu'à ceux à qui on a permis d'avoir de l'espoir. Elle me répondit à peu près ce qu'elle m'avoit dit avant mon départ ; mais ce fut avec le ton d'une personne qui ne veut pas paroître avoir oublié sitôt ses principes, & qui veut bien s'en laisser dissuader ; elle ajouta que ſon deuil étant à peine fini, il n'y avoit pas de décence dans le parti que je voulois lui faire prendre. Enfin elle n'employa que de ces raiſons qui laiſſent la liberté de ſuivre ſon penchant. Je compris qu'elle cederoit bientôt à mon empreſſement, & que je n'avois plus que peu de temps à attendre. Au lieu d'inſiſter davantage, je lui fis une eſpèce de remercîment, comme ſi elle eût conſenti à ce que je venois de lui propoſer.

Je paſſai un mois avec elle, n'ayant que Mademoiſelle de Foix en tiers, qui en coupant quelquefois le tête à tête y mettoit plus d'agrément que d'importunité. Nous prenions chaque jour Madame de Canaples & moi une estime plus forte pour elle, à mesure que nous la connoissions davantage.

Cette estime devint insensiblement de ma part, & sans que je m'en apperçûsse plus tendre que je n'aurois dû l'avoir. Je n'avois d'abord eu pour Mademoiselle de Foix que les égards dûs à sa naissance & le respect dû à son infortune; mais un sentiment plus vif mit bientôt dans mes attentions une chaleur que la simple générosité n'inspire pas, & je crus remarquer qu'elle les recevoit avec une sensibilité que ne donne pas la simple reconnoissance.

Ce que je n'appercevois pas encore diſtinctement fut bientôt ſenti par Madame de Canaples. Elle connoiſſoit trop mon caractère, pour que mes ſentimens échappaſſent à ſon attention. En effet j'étois naturellement impatient dans mes déſirs, & s'ils avoient eu la même vivacité, j'aurois preſſé Madame de Canaples d'accepter ma main, & je n'aurois point ceſſé, qu'elle n'y eût conſenti, ou qu'elle ne m'eût abſolument interdit tout eſpoir, ce qu'elle n'avoit pas fait.

Je pris d'abord de bonne foi ma conduite pour une diſcrétion reſpectueuſe; mais le reſpect eſt très-différent du refroidissement. Une femme qui en est l'objet ne s'y méprend point. La réserve que je remarquai bientôt moi-même dans la manière d'agir que Madame de Canaples prit avec moi m'ouvrit les yeux. Je m'examinai avec attention, je sondai mon cœur, je sentis des remords, & je ne pus me dissimuler que j'aimois Mademoiselle de Foix. Je m'en fis des reproches, & je voulus combattre mon penchant; mais les reproches que nous nous faisons étant un temoignage à nous-mêmes de notre vertu, achevent de nous la faire perdre, parce qu'en flattant notre amour propre, ils nous empêchent de nous mépriſer, même en nous condamnant. D'ailleurs comme je commençois à me flatter de n'être pas indifférent à Mademoiſelle de Foix, je trouvois une ſorte d'injuſtice à trahir les ſentimens que j'avois pu lui inſpirer. Inſenſiblement je me trouvai plus malheureux que coupable. On ſe juge avec tant d'indulgence, quand on eſt juſtifié par ſon cœur, & qu'on n'eſt accuſé que par la raiſon.

Il n'y avoit qu'un parti qui pût être digne de Madame de Canaples & de moi ; c'étoit de lui faire un aveu ſincère de l'état de mon cœur, & de la prier de prononcer ſur mon ſort.

Ce parti que l'honneur me preſcrivoit, qu'il étoit humiliant pour moi ! Il falloit donc avouer à une femme reſpectable, digne d'être aimée, qui avoit dédaigné les partis les plus brillans, & qui avoit de plus ſur moi le droit des bien-faits ; il falloit, dis-je, lui avouer qu'une paſſion qui étoit pour ainſi dire née avec moi, que la diſſipation n'avoit point alterée, que le temps auroit dû fortifier, puiſqu'il ne l'avoit pas éteinte, que cette paſſion ne s'évanoüiſſoit que lorſqu'elle devenoit un devoir. Quelle opinion, Madame de Canaples alloit-elle prendre de mon caractère !

Je voyois la néceſſité d'un tel aveu, & je frémiſſois de le faire. Cependant plus je le retardois, plus il devenoit indiſpenſable, & en le différant davantage, j'allois en perdre le mérite. La contrainte qui augmentoit de jour en jour entre Madame de Canaples & moi commençoit à ſe faire remarquer par Mademoiſelle de Foix, & lui donnoit à elle-même une ſorte d'embarras.

Cet aveu ſi néceſſaire n'étoit pas la ſeule choſe qui m'inquiétoit. Quel ſeroit le fruit de ma démarche ? Pouvois-je me flatter que Mademoiſelle de Foix prendroit pour moi les ſentimens qu'elle m'inſpiroit, &

quand elle y auroit eu du penchant, ma legereté ne suffisoit-elle pas pour l'empêcher d'y ceder.

Quoique Madame de Canaples n'eût pris avec moi aucun engagement, j'en avois pris avec elle, & ma proposition n'ayant pas été rejettée formellement, elle étoit libre, & je ne l'étois plus.

J'étois agité de tant de réfléxions différentes, que j'avois toutes les peines du monde à me déterminer. Je pris enfin le parti d'aller la trouver & de lui découvrir l'état de mon ame. Mais à peine fus-je devant elle, que je me trouvai interdit, je n'osois proférer un mot ; mon inquiétude n'en étoit que plus marquée, & j'allois me retirer ſans lui rien dire, ſi elle ne m'eût elle-même adreſſé la parole.

Votre état, me dit-elle, me fait compaſſion ; je lis dans votre ame tout ce que vous craignez de me dire, & je dois vous épargner un ſi cruel ſupplice, puiſque votre cœur eſt aſſez vertueux pour l'éprouver.

A ces mots je fus pénétré de douleur. Quoi Madame, lui dis-je, pouvez-vous porter la bonté au point de me trouver de la vertu, quand je n'ai que des ſujets de remords, & que j'en ſuis déchiré. Mais je me ſuis ſans doute allarmé ſans motifs, non il n'eſt pas poſſible que j'aye ceſſé de vous adorer; j'ai craint mal à propos d'avoir cédé aux charmes de Mademoiſelle de Foix. Quelque digne qu'elle ſoit d'être aimée, il n'eſt pas poſſible de vous la préferer; ma raiſon reclame en ce moment contre un moment de ſurpriſe. Madame de Canaples ne me permit pas de continuer; ſongez-vous, me dit-elle, que les remords que vous oſez me faire paroître ſont très-offenſants pour moi? Sur quoi jugez-vous que vous ayez le droit de vous faire des reproches à mon sujet. Ah pardon, lui dis-je, Madame j'ai pour vous le respect le plus inviolable, & mon dessein n'est assurement pas... Monsieur, reprit-elle, en m'interrompant, j'approuve les sentimens que vous avez pour Mademoiselle de Foix, & je désire fort qu'elle y réponde, voilà tout ce que je vous permets de croire.

Elle me quitta en finissant ces mots, & me laissa dans la plus pénible des situations. Je voyois que je l'avois perdue sans retour, sans prévoir ce que je devois attendre de Mademoiselle de Foix. Madame de Canaples ne parut point du reste de la journée, le soir elle nous fit dire qu'elle étoit incommodée, & qu'elle avoit beſoin de repos. Nous reſtames donc enſemble Mademoiſelle de Foix & moi. L'inquiétude que nous avions ſur la ſanté de Madame de Canaples fit d'abord le ſujet de notre entretien, & ceademoiſelle de Foix ſaiſiſſant Mtte occaſion d'exprimer ſa reconnoiſſance à l'égard des procédés qu'elle en avoit éprouvés, je ne pus m'empêcher de l'interrompre. Madame de Canaples, lui dis-je, Mademoiſelle, eſt capable des ſentimens les plus généreux ; mais permettez-moi de vous dire que vous ne pouvez pas être regardée comme en étant la preuve.

Si elle mérite d'ailleurs tous les éloges possibles, on ne peut que lui envier le bonheur de vous avoir obligée. J'ignore, reprit Mademoiselle de Foix, si j'aurois trouvé en quelqu'autre la même bienveillance; mais il est heureux pour moi de l'avoir éprouvée de la seule personne qui, par l'honneur que j'ai de lui appartenir, fut en droit de me faire acccepter ses services.

J'avois déja reconnu que Mademoiselle de Foix avoit de la noblesse dans le caractère, je remarquai que sa situation y mettoit de la fierté; l'indigence releve encore ceux qu'elle ne sauroit avilir.

Soit

Soit qu'elle fût embarassée d'une conversation sur un sujet toujours un peu humiliant pour la reconnoissance la plus courageuse; soit qu'elle jugeât qu'un tête à tête avec moi n'étoit pas assez décent pour elle, elle me quitta sous prétexte d'aller s'informer des nouvelles de Madame de Canaples, & si elle ne pourroit pas la voir.

Je n'osai la suivre, dans la crainte de la gêner, ou peut-être parceque je redoutois la présence de Madame de Canaples. Le tourment que j'éprouvois venoit d'aimer à la fois deux personnes estimables. Ce partage me rendoit déja criminel aux yeux de l'une, & pouvoit bien-tôt produire le même effet ſur l'autre.

Le lendemain je ſus que Mademoiſelle de Foix avoit été longtemps enfermée avec Madame de Canaples, j'envoyai demander à celle-ci la permiſſion de la voir qu'elle m'accorda, & malgré l'agitation cruelle où j'étois, j'allai lui rendre les devoirs dont je n'aurois pu me diſpenſer ſans indécence. Je crois, dit-elle, auſſitôt que j'entrai, que vous ſerez bientôt heureux, j'y ai déja diſpoſé Mademoiſelle de Foix.

Je ne pourois pas exprimer les ſentimens que ces paroles exciterent dans mon ame. Je fus frappé d'une admiration à laquelle je n'étois pas préparé, & qui étoit mêlée de honte & de douleur. Je connoissois trop Madame de Canaples pour la soupçonner de la moindre dissimulation, & je fus confondu de tant de générosité. Je restai quelques momens interdit, & tombant à ses genoux : n'atttendez point, lui dis-je, mes remercimens, je suis trop humilié de l'excès de vos bontés, j'en serois indigne, si j'osois en profiter. Laissez-moi les mériter par mes refus, & par un respect inviolable; je ne dois plus vivre que pour vous consacrer mes jours.

Levez-vous reprit-elle, je

ne ſuis point étonnée des ſentimens que vous me faites paroître. Vous avez à vous louer des miens dans ce moment, vous le ſentez, & avec une ame noble on n'eſt jamais l'objet d'un procedé eſtimable, qu'on ne ſoit d'abord échauffé d'une reconnoiſſance généreuſe. Mais, croyez-moi, l'amour que vous a inſpiré Mademoiſelle de Foix eſt trop bien fondé, pour qu'il ne reprenne pas bientôt ſon empire. Je ne veux pas vous laiſſer vous abuſer vous-même. Vous n'avez eu pour moi que le goût qui naît de l'impreſſion que la premiere femme aimable doit faire ſur le cœur d'un jeune homme, impression qui se fortifie par l'habitude de vivre auprès d'elle. Vous avez conservé ce goût, parce que vous n'avez point apparemment rencontré de femme assez estimable pour vous attacher constamment. Mademoiselle de Foix unissant la vertu aux graces de la jeunesse & de la beauté a droit de vous plaire & de vous fixer. Si j'acceptois les sermens que vous m'offrez, le repentir ne tarderoit pas à les suivre, l'honneur ou la honte vous les feroit garder quelque temps, dans peu je vous serois à charge, vous finiriez par vous retracter avec éclat, & mon injustice vous justifieroit.

Ah Madame, m'écriai-je, devez-vous penser qu'après tout ce que je vous dois je puſſe jamais ceſſer d'avoir pour vous l'attachement le plus vif. Qui moi je deviendrois un ingrat ! Quand vous m'auriez, répliqua-t'elle, les obligations que vous prétendez m'avoir, je ſais juſqu'où doit s'étendre la chaîne de la reconnoiſſance. Un bienfaicteur injuſte eſt bien plus à craindre qu'un ingrat. L'ingratitude doit exciter plus de mépris que de douleur, la plus cruelle ſituation pour une ame haute eſt d'avoir à ſe plaindre de ceux à qui l'on doit, & vous ſeriez dans ce cas-là à mon égard.

J'écoutois Madame de Canaples avec un étonnement qui me mettoit hors d'état de lui répondre. Elle m'en épargna l'embarras ; elle ſortit de ſon appartement, & je la ſuivis dans le ſalon où nous trouvâmes Mademoiſelle de Foix.

Les différentes réflexions dont nous avions tous trois l'eſprit occupé mettoient néceſſairement de la contrainte entre nous. Nous n'avions plus cette confiance qui naît d'un état tranquille. Quelque liberté d'eſprit que Madame de Canaples tâchât de faire paroître, j'y démêlois un fonds de triſteſſe qui redoubloit la mienne. Mademoiſelle de Foix paroissoit inquiete sur Madame de Canaples & embarrassée avec moi. Il n'y avoit enfin entre nous que des propos commencés, coupés par des intervalles de silence, & renoués par réflexion.

Nous passâmes ainsi la journée, & sur le soir Madame de Canaples passa dans son appartement pour quelques affaires. Je vis bien que Mademoiselle de Foix ne tarderoit pas à la suivre, je crus devoir profiter de cet instant pour lui parler, non dans le dessein de chercher mon bonheur particulier, & de retirer le fruit de la générosité de Madame de Canaples; mais pour tenter de faire cesser

la

la gêne que je pouvois causer à l'une & à l'autre.

Est-il vrai, lui dis-je, Mademoiselle, que Madame de Canaples ait eu la bonté de vous instruire de mes sentimens, & que vous ayez daigné ne les pas rejetter ? Il est vrai, répondit Mademoiselle de Foix en rougissant, que j'ai assuré Madame de Canaples qu'elle étoit la maîtresse absolue de mon sort ; & qu'elle pourroit toujours compter, quels que fussent ses desseins, sur une obéïssance aveugle de ma part.

Je ne devrois donc rien, repris-je, qu'à votre soumission pour elle, & je lui devrois toute ma reconnoiſſance. Il me ſemble, répondit-elle, que reſpectant Madame de Canaples comme vous faites & comme elle le mérite, vous devez approuver que je ne me conduiſe que par ſes conſeils. D'ailleurs ce que je dois à vos ſentimens ne me fait pas oublier ce que je me dois à moi-même, & il me reſte une inquiétude ſur celle que je remarque depuis quelques jours dans Madame de Canaples. J'en ignore le ſujet; mais il me ſemble que ce n'eſt que depuis qu'elle s'occupe de mon établiſſement. Serois-je l'objet de ſon chagrin, & dans ce cas-là pourquoi s'intéreſſeroit-elle à mon ſort. Je ne ſais que penſer, & je n'en ſuis que plus inquiete. Vous qui êtes ſon ami, vous ne l'ignorez peut-être pas, daignez m'en inſtruire. On doit pardonner la curioſité qui ne part que du ſentiment.

La queſtion de Mademoiſelle de Foix me cauſa une émotion dont elle auroit pu s'appercevoir. J'en fus d'autant plus interdit que je n'étois pas en état d'y répondre. Je n'aurois jamais oſé avouer mes torts avec Madame de Canaples. Le reſpect que je lui devois me faiſoit un devoir de la diſſimulation ſur ce ſujet ; c'eût été l'outrager à l'excès que de préſenter ſon chagrin comme un effet de mon inconſtance.

Madame de Canaples qui rentra dans ce moment me tira de la peine où j'étois. Comme je m'étois fait une loi de ne lui rien cacher; auſſitôt que je me retrouvai ſeul avec elle, je lui rendis compte de ce que j'avois dit à Mademoiſelle de Foix & de ce qu'elle m'avoit répondu, ſans diſſimuler l'inquiétude qu'elle m'avoit fait paroître. Madame de Canaples me dit qu'elle la convaincroit bientôt de la ſincérité avec laquelle elle s'intéreſſoit à ſon ſort.

Dès cet inſtant je crus remarquer dans Madame de Canaples plus de ſérénité, ce qui me procura auſſi un peu plus de calme. Je paſſai quelque temps ſans oſer hazarder le moindre propos qui eut rapport à la ſituation où je me trouvois, me bornant à rendre des ſoins à Mademoiſelle de Foix, & des devoirs à Madame de Canaples, & me remettant de tout au temps & à la fortune.

Enfin Madame de Canaples me dit qu'ayant reconnu que Mademoiſelle de Foix avoit du penchant pour moi, elle la regardoit comme le parti qui me convenoit le mieux, & qu'elle vouloit contribuer à notre union; que pour cet effet elle aſſuroit ſes biens à Mademoiſelle de Foix, & me remettoit dès ce moment tous ceux de Monſieur de Canaples.

A ces mots je fus ſaiſi de honte plus que de reconnoiſſance, je lui répondis que je ne ſouſcrirois jamais à tant de généroſité, & que ſi elle avoit abſolument réſolu de m'unir avec Mademoiſelle de Foix, ma fortune étoit ſuffiſante pour elle & pour moi.

Je ne veux pas, reprit Madame de Canaples, que Mademoiſelle de Foix vous doive trop, même pour votre intérêt; ſa tendreſſe pour vous en ſera moins contrainte, & peut-être plus vive. A mon égard, puiſque vous m'obligez à vous parler plus ouvertement que je ne me le propoſois, je croyois que vous aviez aſſez à reparer avec moi, pour ne pas gêner mes arrangemens. Quoique je n'aye jamais eu deſſein de ceder à l'empreſſement que vous marquiez de vous unir avec moi ; peut-être a-t'il fait ſur mon cœur plus d'impreſſion qu'il ne l'auroit dû. J'ai pu me prêter à vos ſentimens avec trop de complaiſance. Si cela étoit, pourrois-je me répondre à moi-même des foibleſſes & de l'injuſtice de l'amour propre. Malgré l'amitié que j'ai pour vous & pour Mademoiſelle de Foix, vous pourriez être dans des momens des objets un peu humilians pour moi. Peut-être eſt-il néceſſaire que je contribue à votre bonheur pour le voir toujours avec plaiſir. Je ne dois rien oublier pour que vous me ſoyez chers l'un & l'autre, & vous avez perdu le droit de refuſer mes bienfaits; laiſſez-moi les répandre ſur vous autant par intérêt que par généroſité. Je vous donne en ce moment la plus forte preuve de confiance dont je ſois capable & dont vous puiſſiez être digne. Votre reconnoiſſance n'y doit répondre que par le ſilence, & j'oſe dire par le reſpect & par une ſoumiſſion parfaite à mes volontés.

Je n'aurois pu, quand je

l'aurois

l'aurois osé, exprimer à Madame de Canaples par des paroles les sentimens dont j'étois pénétré ; ceux d'amour, de reconnoissance & de respect étoient au dessous d'elle, il ne m'étoit plus permis de sentir que la vénération la plus profonde, & je ne l'exprimois que par mon trouble.

Deux jours après elle fit tous les arrangemens tels qu'elle les jugea à propos pour mon mariage : je remarquai avec quelle adresse décente elle cherchoit à fortifier par des motifs d'estime l'inclination que Mademoiselle de Foix paroissoit avoir pour moi. Enfin notre mariage fut celebré, & depuis ce jour ma femme n'eſt occupée que du ſoin de me plaire, Madame de Canaples paroît faire ſon bonheur du nôtre ; & ce qui augmente notre felicité, c'eſt de la lui devoir, & de trouver en elle une bienfaictrice, une mere, une amie, un guide & un modele pour la vertu. La ſituation tranquille & heureuſe dont je jouis me prouve à chaque inſtant qu'il n'y a de vrai bonheur que dans l'union du plaiſir & du devoir.

Fin de la ſeconde & derniere Partie.

www.ingramcontent.com/pod-product-compliance
Ingram Content Group UK Ltd.
Pitfield, Milton Keynes, MK11 3LW, UK
UKHW021106290826
14628UKWH00014B/860

9 782329 560144